Little
Search-A-Word
Puzzle Book

Little Search-A-Word Puzzle Book

Nina Barbaresi

DOVER PUBLICATIONS, INC.
New York

Published in Canada by General Publishing Company, Ltd.,
30 Lesmill Road, Don Mills, Toronto, Ontario.
Published in the United Kingdom by Constable and Company,
Ltd.

Little Search-A-Word Puzzle Book is a new work, first
published by Dover Publications, Inc., in 1990.

International Standard Book Number: 0-486-26455-6

Manufactured in the United States of America
Dover Publications, Inc.
31 East 2nd Street
Mineola, N.Y. 11501

Hოw GOOD ARE you with words? Here are 24 puzzles that you can have lots of fun solving. There are pictures of objects along with their names. Your task is to find the names of the objects hidden up-and-down or left-to-right in the grids filled with jumbled letters. In the first puzzle all of the words have been circled already to show you how to solve the puzzles. If you can't seem to find a word, there are solutions beginning on page 57. Also, you can have even more fun at any time by coloring in the pictures in this book.

Beach

B	L	P	K	T	S	R
G	T	A	L	R	W	I
K	R	I	H	J	B	F
B	A	L	L	M	O	G
I	E	G	W	B	A	K
G	F	W	H	K	T	M
N	H	S	C	E	F	J

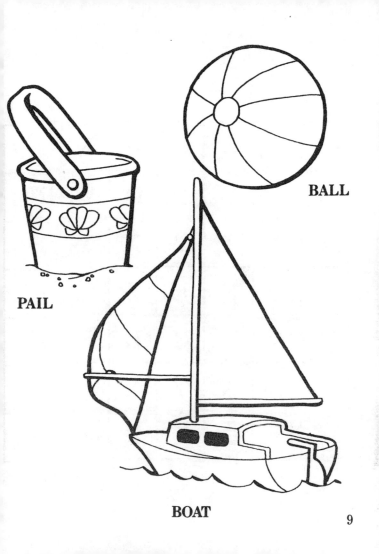

PAIL

BALL

BOAT

9

The Circus

C	E	N	R	H	K	T
W	Z	C	L	O	W	N
I	A	T	V	R	Y	S
P	O	N	K	S	H	G
W	C	E	G	E	F	N
S	R	N	T	I	L	P
T	I	G	E	R	Z	R

TIGER

CLOWN

HORSE

11

Travel

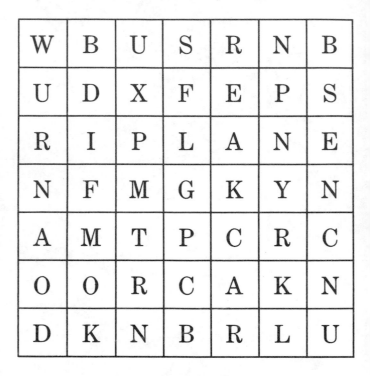

W	B	U	S	R	N	B
U	D	X	F	E	P	S
R	I	P	L	A	N	E
N	F	M	G	K	Y	N
A	M	T	P	C	R	C
O	O	R	C	A	K	N
D	K	N	B	R	L	U

CAR

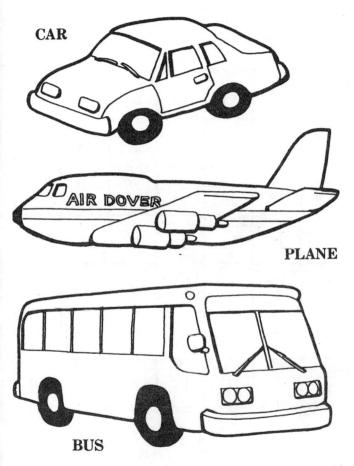

AIR DOVER

PLANE

BUS

Out West

B	D	O	U	M	A	S
M	F	E	R	P	H	W
K	O	B	O	O	T	A
C	B	G	P	S	A	R
V	T	L	E	Y	M	T
E	W	O	M	T	A	H
H	A	T	U	L	I	M

HAT

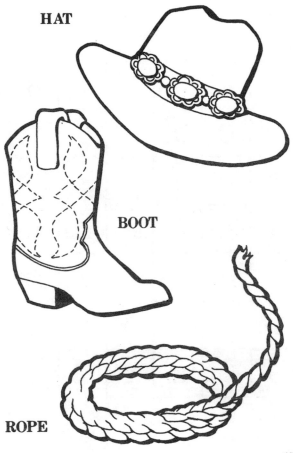

BOOT

ROPE

Fire Department

N	F	T	E	M	H	U
Y	C	M	L	O	E	H
A	D	T	C	K	L	F
A	L	R	D	O	M	I
X	H	U	Z	Z	E	H
Y	H	C	O	A	T	U
U	D	K	Y	M	R	A

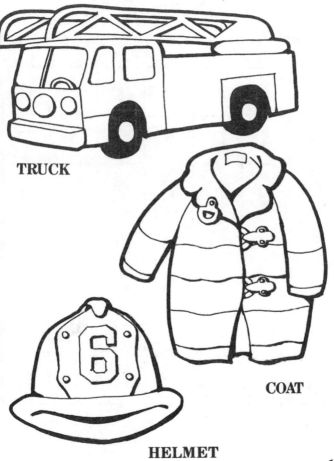

TRUCK

COAT

HELMET

17

Fruits

N	X	M	Z	T	Z	R
B	A	N	A	N	A	F
C	D	E	F	G	P	A
H	B	M	A	X	P	J
I	Y	A	S	M	L	L
J	G	R	A	P	E	S
K	G	A	R	G	P	E

BANANA

GRAPES

APPLE

Pets

T	E	K	F	J	L	O
U	A	E	M	C	R	O
R	Z	N	D	O	G	P
T	O	B	L	Q	P	F
L	E	C	S	D	D	U
E	R	A	R	U	A	S
T	M	T	U	S	T	R

CAT

TURTLE

DOG

Baseball

R	H	L	Q	W	B	P
I	K	D	M	I	T	T
H	C	A	G	C	I	H
S	J	F	H	Q	S	J
T	M	B	A	T	O	I
J	E	O	S	P	V	B
B	A	L	L	D	G	L

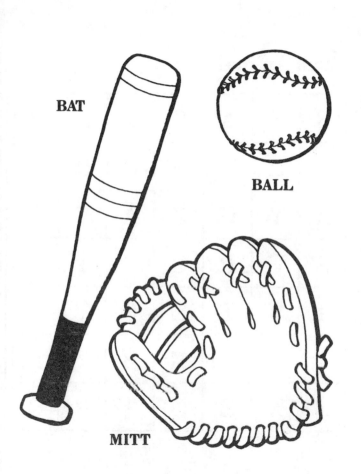

BAT

BALL

MITT

Farm Animals

B	E	A	C	Q	X	P
P	R	U	P	C	O	W
A	Y	U	Z	A	V	L
S	U	P	S	P	I	G
I	V	I	E	H	T	N
T	L	A	M	B	Y	F
N	X	Z	O	J	R	Q

PIG

COW

LAMB

At School

B	Z	Q	L	E	V	F
O	Y	N	P	M	L	P
O	T	D	E	S	K	X
K	W	C	N	V	S	F
D	H	R	C	B	N	Y
T	C	O	I	D	U	R
P	V	B	L	T	A	S

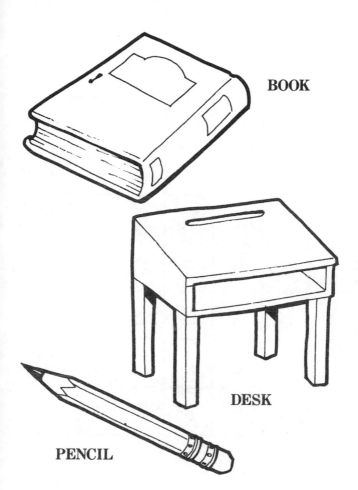

BOOK

DESK

PENCIL

Toys

L	B	L	O	C	K	S
F	A	C	S	T	G	D
R	L	J	M	K	Y	E
D	L	B	P	F	A	J
I	R	X	H	Z	V	Q
D	O	L	L	U	P	T
G	N	E	F	J	O	D

DOLL

BLOCKS

BALL

Some Weather

C	L	B	H	S	N	N
R	C	L	O	U	D	E
K	D	T	O	M	M	Q
L	O	X	N	A	R	N
O	S	U	N	R	A	I
U	Q	W	E	T	I	X
D	C	A	U	R	N	Y

SUN

CLOUD

RAIN

My Bedroom

B	Q	F	J	R	H	N
G	L	M	X	B	S	C
T	A	B	L	E	G	M
O	M	T	R	D	Y	P
C	P	F	Z	T	L	D
I	B	X	K	B	V	J
J	D	L	F	P	W	A

LAMP

TABLE

BED

Police

B	I	Q	Z	C	Y	E
L	R	H	I	P	K	W
U	B	A	D	G	E	V
D	F	T	Y	M	O	G
P	O	W	M	J	A	X
W	H	I	S	T	L	E
G	T	M	T	A	E	E

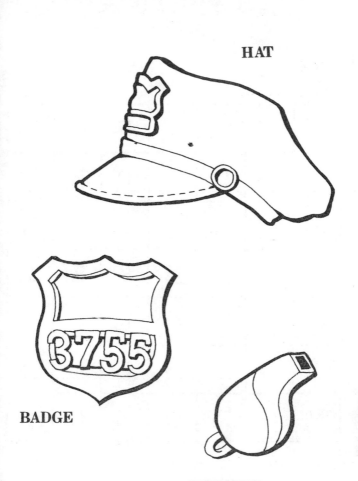

HAT

BADGE

WHISTLE

At the Zoo

H	O	C	L	F	G	B
C	C	O	I	P	R	N
J	O	M	O	I	B	E
O	M	O	N	K	E	Y
C	M	N	O	K	O	L
A	C	A	M	E	L	E
M	O	M	O	E	O	Y

MONKEY

LION

CAMEL

Winter Clothing

C	M	I	T	T	E	N
J	P	E	S	N	H	K
H	A	T	U	C	J	P
Q	K	Y	I	Z	A	D
E	B	M	X	R	T	L
N	S	J	U	D	G	Q
B	H	S	C	A	R	F

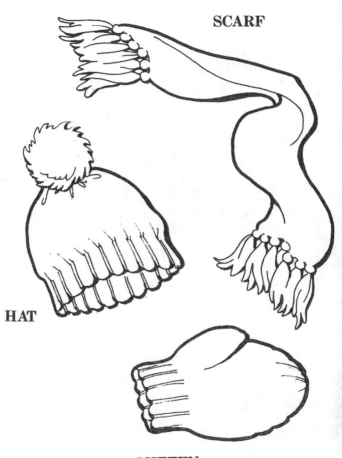

SCARF

HAT

MITTEN

At the Table

P	H	O	E	B	J	F
O	P	L	A	T	K	O
A	S	O	U	B	N	N
I	P	S	O	T	I	A
F	O	R	K	E	F	P
M	O	O	B	L	E	K
M	N	N	O	P	L	I

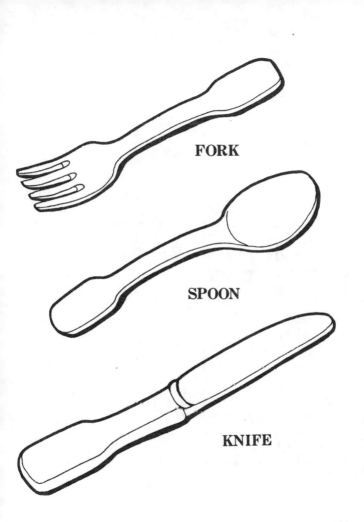

FORK

SPOON

KNIFE

Ice Hockey

I	O	S	A	L	W	J
L	U	T	F	O	S	R
N	M	I	M	L	K	L
D	S	C	T	S	A	X
A	U	K	I	C	T	E
C	E	R	E	P	E	P
Y	P	U	C	K	M	O

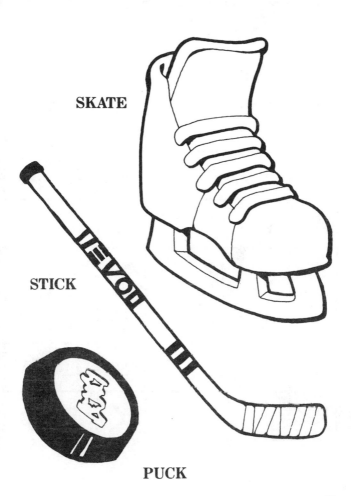

SKATE

STICK

PUCK

Winter Fun

A	L	I	T	I	G	Q
L	I	S	L	E	D	O
R	O	U	B	A	V	E
S	N	O	W	M	A	N
K	N	O	Q	E	X	E
I	A	N	E	S	L	A
S	I	S	K	Y	N	O

SNOWMAN

SKIS

SLED

Desserts

E	A	U	C	L	D	Q
I	D	B	A	B	Z	V
C	O	O	K	I	E	S
P	L	T	E	Y	U	X
Y	C	M	L	O	P	B
N	P	Q	V	W	I	S
U	M	E	T	F	E	N

PIE

COOKIES

CAKE

Flowers

D	A	I	S	Y	D	A
J	Q	F	K	R	G	L
R	O	S	E	L	T	Z
G	B	J	T	F	U	H
N	U	Z	D	N	L	Y
C	O	F	P	U	I	K
E	K	I	W	X	P	D

DAISY

TULIP

ROSE

Birds

F	D	K	P	X	C	Y
J	G	E	A	G	L	E
D	H	F	R	W	P	I
U	A	Q	R	W	P	E
C	X	F	O	T	L	J
K	C	I	T	G	B	K
B	J	F	R	B	S	D

EAGLE

DUCK

PARROT

Forest Animals

I	L	B	C	D	K	B
C	R	B	W	E	T	A
R	A	C	C	O	O	N
H	B	Q	W	E	T	Y
F	B	C	G	F	O	X
M	I	R	Z	D	I	F
S	T	T	E	A	H	S

RACCOON

RABBIT

FOX

I'm an Artist!

P	W	Y	V	X	E	P
A	K	Q	P	C	J	V
J	D	P	A	P	E	R
I	S	B	I	Y	R	F
Z	O	M	N	T	L	H
D	N	G	T	K	U	S
B	R	U	S	H	Q	Y

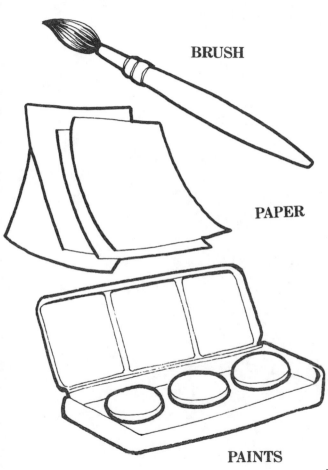

BRUSH

PAPER

PAINTS

SOLUTIONS

Beach

B	L	P	K	T	S	R
G	T	A	L	R	W	I
K	R	I	H	J	B	F
B	A	L	L	M	O	G
I	E	G	W	B	A	K
G	F	W	H	K	T	M
N	H	S	C	E	F	J

page 8

The Circus

C	E	N	R	H	K	T
W	Z	C	L	O	W	N
I	A	T	V	R	Y	S
P	O	N	K	S	H	G
W	C	E	G	E	F	N
S	R	N	T	I	L	P
T	I	G	E	R	Z	R

page 10

Travel

W	B	U	S	R	N	B
U	D	X	F	E	P	S
R	I	P	L	A	N	E
N	F	M	G	K	Y	N
A	M	T	P	C	R	C
O	O	R	C	A	K	N
D	K	N	B	R	L	U

page 12

Out West

B	D	O	U	M	A	S
M	F	E	R	P	H	W
K	O	B	O	O	T	A
C	B	G	P	S	A	R
V	T	L	E	Y	M	T
E	W	O	M	T	A	H
H	A	T	U	L	I	M

page 14

Fire Department

N	F	T	E	M	H	U
Y	C	M	L	O	E	H
A	D	T	C	K	L	F
A	L	R	D	O	M	I
X	H	U	Z	Z	E	H
Y	H	C	O	A	T	U
U	D	K	Y	M	R	A

page 16

Fruits

N	X	M	Z	T	Z	R
B	A	N	A	N	A	F
C	D	E	F	G	P	A
H	B	M	A	X	P	J
I	Y	A	S	M	L	L
J	G	R	A	P	E	S
K	G	A	R	G	P	E

page 18

Pets

T	E	K	F	J	L	O
U	A	E	M	C	R	O
R	Z	N	D	O	G	P
T	O	B	L	Q	P	F
L	E	C	S	D	D	U
E	R	A	R	U	A	S
T	M	T	U	S	T	R

page 20

Baseball

R	H	L	Q	W	B	P
I	K	D	M	I	T	T
H	C	A	G	C	I	H
S	J	F	H	Q	S	J
T	M	B	A	T	O	I
J	E	O	S	P	V	B
B	A	L	L	D	G	L

page 22

Farm Animals

B	E	A	C	Q	X	P
P	R	U	P	C	O	W
A	Y	U	Z	A	V	L
S	U	P	S	P	I	G
I	V	I	E	H	T	N
T	L	A	M	B	Y	F
N	X	Z	O	J	R	Q

page 24

At School

B	Z	Q	L	E	V	F
O	Y	N	P	M	L	P
O	T	D	E	S	K	X
K	W	C	N	V	S	F
D	H	R	C	B	N	Y
T	C	O	I	D	U	R
P	V	B	L	T	A	S

page 26

Toys

L	B	L	O	C	K	S
F	A	C	S	T	G	D
R	L	J	M	K	Y	E
D	L	B	P	F	A	J
I	R	X	H	Z	V	Q
D	O	L	L	U	P	T
G	N	E	F	J	O	D

page 28

Some Weather

C	L	B	H	S	N	N
R	C	L	O	U	D	E
K	D	T	O	M	M	Q
L	O	X	N	A	R	N
O	S	U	N	R	A	I
U	Q	W	E	T	I	X
D	C	A	U	R	N	Y

page 30

My Bedroom

B	Q	F	J	R	H	N
G	L	M	X	B	S	C
T	A	B	L	E	G	M
O	M	T	R	D	Y	P
C	P	F	Z	T	L	D
I	B	X	K	B	V	J
J	D	L	F	P	W	A

page 32

Police

B	I	Q	Z	C	Y	E
L	R	H	I	P	K	W
U	B	A	D	G	E	V
D	F	T	Y	M	O	G
P	O	W	M	J	A	X
W	H	I	S	T	L	E
G	T	M	T	A	E	E

page 34

At the Zoo

H	O	C	L	F	G	B
C	C	O	I	P	R	N
J	O	M	O	I	B	E
O	M	O	N	K	E	Y
C	M	N	O	K	O	L
A	C	A	M	E	L	E
M	O	M	O	E	O	Y

page 36

Winter Clothing

C	M	I	T	T	E	N
J	P	E	S	N	H	K
H	A	T	U	C	J	P
Q	K	Y	I	Z	A	D
E	B	M	X	R	T	L
N	S	J	U	D	G	Q
B	H	S	C	A	R	F

page 38

60

At the Table

P	H	O	E	B	J	F
O	P	L	A	T	K	O
A	S	O	U	B	N	N
I	P	S	O	T	I	A
F	O	R	K	E	F	P
M	O	O	B	L	E	K
M	N	N	O	P	L	I

page 40

Ice Hockey

I	O	S	A	L	W	J
L	U	T	F	O	S	R
N	M	I	M	L	K	L
D	S	C	T	S	A	X
A	U	K	I	C	T	E
C	E	R	E	P	E	P
Y	P	U	C	K	M	O

page 42

Winter Fun

A	L	I	T	I	G	Q
L	I	S	L	E	D	O
R	O	U	B	A	V	E
S	N	O	W	M	A	N
K	N	O	Q	E	X	E
I	A	N	E	S	L	A
S	I	S	K	Y	N	O

page 44

Desserts

E	A	U	C	L	D	Q
I	D	B	A	B	Z	V
C	O	O	K	I	E	S
P	L	T	E	Y	U	X
Y	C	M	L	O	P	B
N	P	Q	V	W	I	S
U	M	E	T	F	E	N

page 46

Flowers

D	A	I	S	Y	D	A
J	Q	F	K	R	G	L
R	O	S	E	L	T	Z
G	B	J	T	F	U	H
N	U	Z	D	N	L	Y
C	O	F	P	U	I	K
E	K	I	W	X	P	D

page 48

Birds

F	D	K	P	X	C	Y
J	G	E	A	G	L	E
D	H	F	R	W	P	I
U	A	Q	R	W	P	E
C	X	F	O	T	L	J
K	C	I	T	G	B	K
B	J	F	R	B	S	D

page 50

Forest Animals

I	L	B	C	D	K	B
C	R	B	W	E	T	A
R	A	C	C	O	O	N
H	B	Q	W	E	T	Y
F	B	C	G	F	O	X
M	I	R	Z	D	I	F
S	T	T	E	A	H	S

page 52

I'm An Artist!

P	W	Y	V	X	E	P
A	K	Q	P	C	J	V
J	D	P	A	P	E	R
I	S	B	I	Y	R	F
Z	O	M	N	T	L	H
D	N	G	T	K	U	S
B	R	U	S	H	Q	Y

page 54

62